37 fables d'Afrique

Castor Poche
Collection animée par
François Faucher, Hélène Wadowski
et Martine Lang

Titre original :

FABLES FROM AFRICA

Une production de l'Atelier du Père Castor

JAN KNAPPERT

37 fables d'Afrique

Traduit de l'anglais par Rose-Marie Vassallo

Illustrations de Jeroo Roy

Castor Poche Flammarion

Jan Knappert

L'auteur est né en Hollande en 1927. Il a d'abord étudié le sanscrit, l'hindouisme, le bouddhisme, l'islam et les langues d'Indonésie avant de se consacrer, il y a vingt-cinq ans, à l'étude des langues et cultures africaines. Ses travaux ont alors porté sur le souahéli, langue bantoue de Tanzanie écrite depuis le XVIe siècle en caractères arabes, sur les autres langues bantoues d'Afrique centrale et sur celles du Congo (aujourd'hui le Zaïre). Professeur à l'université de Londres, il enseigne aussi à l'université de Louvain, en Belgique. C'est en sillonnant l'Afrique pendant des années qu'il a lui-même recueilli ces fables de la bouche des vieilles femmes et des griots qui les racontent au rythme du tam-tam, la nuit venue. Pour le plaisir de tous mais, d'abord, pour la jeunesse. En les écoutant, riant ou frissonnant de peur, les enfants africains apprennent qui ils sont, comment est le monde et comment y vivre et y participer. Un monde étonnant où l'intimité qui existe entre l'homme et la nature crée un mode de pensée fort éloigné de celui de l'Occident moderne. Mais justement, si Jan Knappert a écrit de nombreux livres sur les mythes, légendes, contes et fables d'Afrique, c'est pour révéler aux uns les cultures des autres dans leur diversité et, travaillant ainsi à une meilleure compréhension entre les hommes, œuvrer à sa manière pour la paix dans le monde.

Rose-Marie Vassallo

La traductrice : « Drôle de métier que celui de traduire – passionnant, envahissant, artisanat et alchimie, communication et solitude… Heureusement, pour équilibrer, il y a la vraie vie : le chien, le chat, les amis, les enfants et le mari – passionnants, envahissants, artisanat et alchimie, communication et… rêve de solitude. »
« Ce qui me plaît dans ces fabliaux venus de si loin (du fond de l'Afrique et du fond des temps), c'est qu'il y a mille façons de les goûter, que l'on ait six, quatorze ou trente-cinq ans, voire le demi-siècle ou le siècle entier. On peut se contenter du plaisir d'imaginer leurs drôles de personnages, ou chercher la sagesse antique cachée derrière chaque histoire. Il me semble que bien souvent on peut en trouver plusieurs – et peut-être chacun d'entre nous la sienne ? D'autant qu'à certaines fables, les plus énigmatiques, il pourrait bien manquer des morceaux ! Pour moi, ces fabliaux tiennent à la fois de la devinette et du puzzle… »

MAROC
ALGERIE
LIBYE
EGYPTE
MAURITANIE
MALI
NIGER
TCHAD
SOUDAN
SENEGAL
GUINEE
BURKINA FASO
CÔTE D'IVOIRE
GHANA
NIGERIA
CAMEROUN
REPUBLIQUE CENTRE AFRICAINE
ETHIOPIE
SOMALIE
Zande
ZAÏRE
OUGANDA
KENYA
GABON
CONGO
Digo
TANZANIE
ANGOLA
ZAMBIE
MOZAMBIQUE
MADAGASCAR
ZIMBABWE
NAMIBIE
BOTSWANA
REPUBLIQUE D'AFRIQUE DU SUD
N
W
E
S

Préface

Ce livre présente un choix des meilleures fables recueillies un peu partout en Afrique. C'est la somme de longues années de recherches, d'innombrables lectures en diverses langues, et de l'écoute attentive d'un grand nombre de conteurs. Je songe à ce vieux Tanzanien que j'ai rencontré en 1964. À l'âge de soixante-dix ans, il s'exprimait encore couramment en allemand et se souvenait fort bien de la guerre de 1914 où il avait perdu une jambe. Il me dit : « J'ai vu plus de choses que vous, et j'en ai plus appris que vous n'en apprendrez jamais. Alors, je vais vous raconter quelques histoires. » Ce qu'il fit, tandis que je m'empressais de les mettre par écrit.

Une fable, c'est une histoire avec une morale. La plupart des fables africaines mettent en scène des animaux. Chaque animal a son caractère, bien typé. En fait ces animaux cachent des personnages humains. Le chef, par exemple, peut être représenté sous les traits du lion, de l'éléphant ou du léopard, selon les besoins du conteur. Les fables, on le voit, n'ont pas seulement pour but d'amuser ; elles contiennent un enseignement. En Afrique du Nord, par exemple, le cheval est tenu pour un animal noble, proche de la perfection. Et pourtant, dans notre première histoire, le cheval n'est pas satisfait – comme tant d'êtres humains ! C'est pourquoi, bien sûr, il est puni par Dieu, le Créateur, qui conçoit un animal plus noble encore que le cheval. La leçon de cette histoire est qu'il vaut mieux se contenter de ce que l'on a.

Les peuples de l'Afrique du Nord sont le plus souvent des musulmans pratiquants, et la seconde histoire se conclut, elle aussi, par une morale religieuse. En guise de reconnaissance, le vieil homme que Yusuf a aidé en soulevant une dalle et en retrouvant son anneau enferme Yusuf dans le caveau, prouvant ainsi qu'il est un esprit du mal habitant un corps humain, puisqu'en Afrique l'in-

gratitude est le pire de tous les péchés. Et Dieu fait de Yusuf son instrument pour punir l'esprit du mal. Par conséquent, lorsque Yusuf décapite le vieil homme, détruisant ainsi le corps dans lequel habitait l'esprit du mal, il éxécute en fait l'ordre de Dieu. Normalement, un jeune garçon ne saurait venir à bout d'un vieux sorcier malfaisant, mais Dieu dirige ses fidèles et sages animaux, qui ont déja servi le père du garçon, afin que ceux-ci lui viennent en aide. C'est la toute dernière phrase de la fable qui place l'histoire entière au plan le plus haut, puisqu'il s'agit d'une citation tirée du livre saint de l'islam, le Coran ; elle fait partie d'un passage qui explique pourquoi le mal existe en ce monde,et qui se termine par ces mots : «… mais un jour cela prendra fin, sur l'ordre de Dieu».

Des centaines de fables, par toute l'Afrique, sont racontées chaque soir. Il est évidemment impossible, dans un petit ouvrage, de représenter de manière équitable toutes les nations de l'Afrique. Certaines de ces histoires sont connues et se retrouvent dans de vastes régions d'Afrique du Nord ou de l'Est, voire des deux. Il est possible qu'elles aient été appor-

tées par les Arabes, les Indiens ou les Européens – nous n'en savons rien. D'autres, celles d'Afrique centrale par exemple, sont certainement d'origine africaine. Elles sont parfois très étranges, et beaucoup des animaux qu'elles mettent en scène ne se trouvent que dans la forêt équatoriale. Une attention toute particulière a été donnée, dans ce livre, aux fables venues des régions les plus ignorées dans ce domaine, comme le Cameroun, la Nubie et le Mali.

J'espère, en conclusion, que vous ne serez pas seulement amusés par ces histoires venues d'Afrique, mais qu'elles seront pour vous l'occasion de marquer une pause et de réfléchir à la sagesse contenue dans chacune d'elles.

Jan KNAPPERT

11

Le cheval

AFRIQUE DU NORD

Le cheval un jour pria le Tout-Puissant :
— Je ne suis, Seigneur, qu'un humble cheval, mais je suis beau. Si vous m'accordiez un cou un peu plus long, des pattes un peu plus hautes, un ventre un peu plus rond, une poitrine plus profonde, un arrière-train dansant, et le pouvoir aussi de marcher plus longtemps sans manger ni boire ? Je n'en serais que plus noble encore... Il plut au Seigneur de créer un animal en tous points semblable à celui qu'avait décrit le cheval. Et ce fut le chameau.

12

L'anneau magique

AFRIQUE DU NORD

Un jeune homme du nom de Yusuf avait perdu son père dès l'âge de quinze ans. Il vivait avec sa mère et les seuls animaux que lui avait laissés son père pour tout héritage : un chien, un chat et un faucon.

Chaque jour, il allait à la chasse avec ces trois compagnons. S'il voyait une gazelle, il lançait son chien après elle ; s'il voyait un lapin ou un écureuil, il lançait son chat ; et s'il voyait un oiseau, il lançait son faucon.

Un jour, il découvrit une grotte, et au fond de cette grotte un vieil homme s'éreintait à tenter de soulever du sol une lourde dalle de pierre.

— Pourrais-tu m'aider à soulever cette pierre ? le pria le vieillard. Je te récompenserai.

Yusuf souleva la pierre. Sous cette dalle apparut un escalier, qui descendait à une étrange salle voûtée, aux arches reposant sur des piliers, et dont le sol était couvert d'amoncellements de pierreries et de bijoux d'or éblouissants.

— Trouve-moi mon anneau ! Prends tout ce que tu voudras, mais trouve-moi mon anneau ! hurlait le vieillard du haut de l'escalier.

Yusuf vit tout à coup un éclair rouge au sol. Il se pencha et découvrit un anneau magnifique, orné d'un inestimable rubis. L'ayant ramassé, il se le passa au doigt. Alors l'anneau se mit à parler :

— Maître, dis-moi ce que tu souhaites et tu seras exaucé.

— Jette cet anneau ! Jette-le immédiatement ! hurlait le vieil homme depuis le soupirail. Rejette-le tout de suite, ou je t'enferme là-dedans !

Yusuf jeta l'anneau et le vieil homme s'en saisit. À l'instant même, il refermait la dalle, et Yusuf se retrouva prisonnier du caveau. Le vieillard alors se passa l'anneau au doigt, lui fit faire un tour et disparut par magie…

Celui qui met la main sur un objet précieux ne devrait jamais s'en dessaisir !

Et maintenant Yusuf était prisonnier de cette salle regorgeant de richesses, plus que le roi lui-même n'en a jamais possédé. Il avait commencé d'en explorer les voûtes lorsqu'une voix lui parvint :

— Maître ! Ô mon maître !

Il reconnut la voix de son chien et tâcha de découvrir d'où elle lui parvenait. Il finit par entrevoir un rayon de lumière du jour qui pénétrait dans la cave juste au-dessus de sa tête, et il entendit son chien qui creusait la terre à l'endroit où la voûte présentait une brèche. Enfin non sans mal, Yusuf parvint à se hisser jusqu'à cette percée, puis à ramper à travers la trouée creusée par son chien dans la terre.

Yusuf était bien décidé à reprendre l'anneau magique. Il lança son faucon à la recherche du vieil homme. Le faucon s'éleva dans les airs, très haut, de plus en plus haut, jusqu'à ce qu'enfin il découvrît le vieil homme, endormi au cœur d'un grand palais. Le faucon revint vers les siens et proposa au chat de prendre place sur son dos, entre les deux ailes. Et tous deux, à travers ciel, refirent le voyage menant au palais du vieil homme. Là, le chat descendit dans les caves et réapparut bientôt, tenant entre ses dents le roi des rats de ce palais. Le roi des rats s'entendit promettre qu'il recouvrerait la liberté si, grâce à lui, l'anneau magique était retrouvé. Le roi des rats fit rassembler tous ses sujets et leur ordonna de rechercher l'anneau magique.

Au bout de longues recherches, un petit rat revint et dit :

— Il y a un anneau caché dans l'une des narines du vieil homme.

— Fourre-lui ta queue dans cette narine, suggéra le chat.

C'est ce que fit le petit rat. Le vieil homme éternua, expulsant l'anneau sans s'en apercevoir. Puis il se rendormit. Le faucon ramassa l'anneau et s'en fut le porter à Yusuf.

Yusuf passa l'anneau à son doigt, et celui-ci lui dit aussitôt :

— Quel est ton désir, ô mon maître ?

Yusuf répondit :

— Je veux être transporté jusqu'au palais du vieil homme, avec un bon sabre à la main !

À l'instant même il s'élevait dans les airs,

pour se retrouver bientôt dans la chambre du vieil homme, muni d'un sabre bien aiguisé. Et d'un seul coup il lui trancha la tête, afin que l'esprit du mal s'en échappât, sur ordre de Dieu.

17

Gratitude

AFRIQUE DU NORD

Un brave homme découvrit un jour un bébé serpent et décida de le garder. Il le rapporta chez lui avec le plus grand soin, jusqu'à ce que finalement le serpent fût devenu adulte.

Un matin que l'homme s'approchait pour dire bonjour à son serpent, qu'il regardait comme son propre fils, celui-ci, sans prévenir, s'enroula autour de son cou et dit :

— À présent, je vais te tuer. Tu sais bien qu'en ce monde il n'est nulle gratitude.

— Eh, attends un peu ! s'écria l'homme. Allons d'abord demander à la vache s'il est vrai que sur terre il n'est nulle gratitude.

Mais la vache répondit :

— Non. La gratitude n'existe pas. Pas de la part de l'homme : il trait mon pis et, ma vie durant, je lui fais don de mon lait ; or, pour finir, il me tuera, afin de manger ma chair. Peut-on appeler cela de la reconnaissance ?

Ensuite, ils interrogèrent l'arbre.

— Non, répondit l'arbre. Il n'est nulle gratitude sur cette terre. Les hommes mangeront tous mes fruits, chaque année, mais pour finir ils m'abattront et ils me brûleront.

Puis ils interrogèrent le bœuf.

— Non, répondit le bœuf. Les humains ne sont jamais reconnaissants, jamais. Voyez mon cas. Jour après jour, je traîne jusqu'au marché une lourde carriole. À moi les coups du bâton et de l'aiguillon pointu. Au bout de longues années de dévouement, je serai tué à mon tour, et l'homme déchirera ma peau pour s'en faire des chaussures et les lanières du fouet destiné à mes frères.

Ayant entendu ces sentences, le serpent, qui n'avait pas quitté le cou de l'homme, s'apprêta à lui mordre la veine jugulaire. Mais l'épouse de son maître, à cet instant précis, sortit de la maison. Elle avait tout entendu et s'était empressée de préparer pour le serpent son mets favori : un plat de crème. Le serpent se déroula prestement pour venir se régaler à même la jatte posée sur le sol.

— Vite, tue-le ! souffla à l'homme le hérisson, qui avait observé la scène.

L'homme s'empara de son bâton et frappa le serpent derrière la tête, à plusieurs reprises, jusqu'à ce qu'il fût mort. Le hérisson, pendant ce temps, avait disparu prestement : mieux valait, s'était-il dit, ne pas chercher à savoir si cet homme, mieux que ses semblables, savait ce qu'est la gratitude !

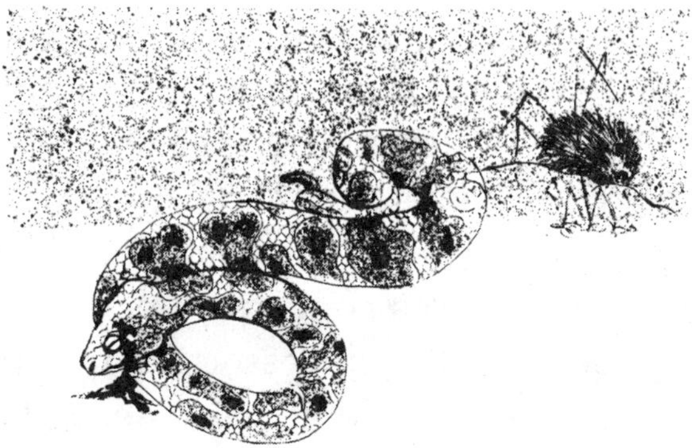

20

Il est plus sûr d'avoir plusieurs tours dans son sac...

AFRIQUE DU NORD

Un hérisson et un chacal marchaient de compagnie.

— J'ai bien cent tours dans mon sac ! se vantait le chacal.

— Moi, je n'en ai qu'un seul, répondait modestement le hérisson très sage.

Le hérisson emmena le chacal sur les terres d'un riche fermier, où tous deux firent bombance. Hélas, après ce festin, le chacal au ventre trop plein ne put ressortir par le trou de la haie ! Il supplia le hérisson de l'aider à sortir de là.

— Moi, je ne connaissais qu'un seul tour, lui dit le hérisson, et c'était de nous introduire ici. Toi qui connais tant de tours, tu trouveras bien comment t'en sortir.

Et le hérisson disparut.

Survint alors le fermier, armé d'un bon gourdin, prêt à rouer de coups le chacal, jusqu'à ce que mort s'ensuive.

— Ô fermier puissant et malin, laisse-moi seulement aller dire adieu à ma famille. Je reviendrai ensuite me faire tuer.

— Jure-le, dit le fermier.

Le chacal prêta serment, à la satisfaction du fermier, qui le laissa aller. Mais le chacal, bien sûr, eut soin de ne jamais revenir.

Ne fais crédit à personne, pas même à ton meilleur ami. Et si tu prends un chacal, frappe ! N'écoute pas ce qu'il te dit.

Le chacal berné

AFRIQUE DU NORD

Le chacal un jour rencontra un agneau et lui dit :

— Que fais-tu ici ?

L'agneau répondit :

— Mon Oncle, tu veux me manger, je le sais. Mais accorde-moi, s'il te plaît, un an pour grandir et grossir. Alors je serai gros et gras, et davantage à ton goût. Je te promets de revenir ici même, dans un an, jour pour jour.

Le chacal se dit que l'idée était bonne de laisser d'abord engraisser son repas, et qu'il était avantageux d'attendre l'année suivante. Aussi laissa-t-il repartir l'agneau.

L'an écoulé, le chacal retrouva son agneau qui broutait sur la ferme, et il le héla :

— Dis donc, toi là-bas ! Ne m'avais-tu pas

promis de revenir me voir pour te faire manger ?

— Moi ? Promis ? Je ne me souviens absolument pas d'avoir promis quoi que ce soit de ce genre-là ! De toute façon, à présent, j'ai des cornes.

Et le chacal, à son regret, constata que l'agneau était devenu un jeune bélier ; il ne serait plus si facile de s'attaquer à lui et de le dévorer. Les chacals ne sont ni grands, ni forts, et doivent plutôt compter sur leur astuce et leur rapidité.

Aussi le chacal dit-il au jeune bélier :

— Nous irons devant le juge, et tu devras jurer n'avoir jamais promis que tu te laisserais manger par moi.

— Fort bien, dit l'autre, je serai prêt demain.

Le chacal s'en fut. Le jeune bélier alla trouver le chien de la ferme et lui raconta l'affaire. Le lévrier eut une bonne idée :

— Je viendrai demain te trouver à ta cabane. Tâche de te procurer un panier assez grand pour que je puisse entrer dedans, et un grand bout de drap. Je m'installerai dans le panier et tu envelopperas le tout dans le drap, de manière à bien me cacher, en laissant juste une ouverture pour mon museau et mes pattes de devant.

Le lendemain matin, le lévrier vint se glisser dans le panier, dont seule sa tête dépassait. Le jeune bélier le drapa dans la toile, ne ménageant qu'une petite ouverture en face de la gueule du chien, de telle sorte qu'on eût cru un tombeau musulman. Le chacal arriva bientôt et demanda où l'agneau désirait prêter serment.

— Ici même, dit l'autre, sur l'autel de mes saints ancêtres.

Le jeune bélier prêta serment le premier, puis il invita le chacal à jurer sur l'honneur à son tour, au-dessus du prétendu tombeau de saint. Le chacal avança une patte de devant sur la « tombe » et jura que l'agneau avait promis de se faire manger par lui. À cet instant, la gueule du chien surgit de dessous son drap et, d'un coup de dents, trancha la patte du chacal. Le chacal s'enfuit sur les trois pattes restantes.

— Adieu ma patte, adieu festin ! se lamentait le chacal, comme il désertait en boitant le lieu de sa défaite. J'aurais mieux fait de manger cet agneau l'an passé, le jour où je l'ai rencontré ! Depuis, il n'a fait que croître en force et en sagesse. Dire que je comptais y trouver avantage ! Je pensais n'avoir pas plus de peine à tuer un gros agneau qu'un petit…

Ne remets jamais à plus tard le plaisir que tu peux t'offrir le jour même. Ne laisse pas s'envoler ce que tu tiens déjà. Et n'accorde ta confiance à personne, pas même à un agneau qui te semble innocent.

26

Les chiens

AFRIQUE DU NORD

Deux chiens se battaient. Un troisième survint, qui se dit :

« Regardez-moi ces deux-là, en train de se battre ! Je m'en vais les séparer et leur faire faire la paix. Ce n'est pas bien de se battre. »

Il attaqua le plus gros des deux chiens, afin de les séparer. Mais le second alors se retourna contre lui, et bientôt les deux combattants, s'acharnant contre celui qui aurait voulu les réconcilier, l'eurent proprement mis en pièces.

27

Le chien qui se vantait

AFRIQUE DU NORD

— Les chiens de ces contrées ne sont que des mauviettes. Nous autres, en Inde, nous nous attaquons même aux lions ! fanfaronnait un chien d'une meute où l'on passait le plus clair de son temps à s'aboyer mutuellement aux jarrets.

— Fort bien, fit observer un vieux chien. Mais as-tu jamais attrapé un lion pour de bon ? Quelle importance veux-tu que nous accordions à tes dires si tu n'as seulement jamais attrapé ce après quoi tu cours ?

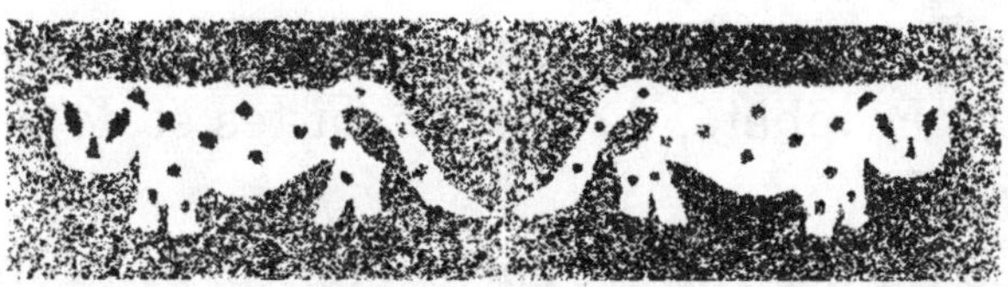

28

Le chat et les rats

AFRIQUE DU NORD

Certain chat décida un jour de partir en pèlerinage pour la Cité sainte. Il informa les rats de son intention et s'en fut. À son retour, longtemps après, il portait le burnous blanc, et le turban blanc comme en portent tous les sages de ces contrées. Il reçut le chef des rats, venu lui rendre hommage comme à un dignitaire de l'islam, et lui fit cette déclaration :

— J'ai appris bien des vérités, et celle-ci, entre autres, qu'il est mal de manger des rats ; de sorte que votre peuple n'a plus à s'inquiéter. À partir de ce jour, je vivrai comme le Saint Prophète, de lait, de dattes et de pain d'orge.

Le roi des rats fit sa révérence, prit congé

et s'en fut rapporter à son peuple ce que lui avait dit le chat.

Le lendemain matin, ils virent le chat s'approcher, mais il ne prêtait apparemment plus aucun intérêt aux rats. Il avançait à pas lents, marmottant à mi-voix tout le long de son chemin, le nez dans le Saint Livre. Il n'avait pas l'air affamé le moins du monde et se contentait d'arpenter sans hâte le sentier bordé de trous de rats, le regard plongé dans le texte sacré.

Et les rats, peu à peu, s'accoutumèrent à l'attitude nouvelle du saint chat et se remirent à vaquer à leurs occupations familières.

Ils finirent par n'avoir plus peur du tout du chat. Et c'est ainsi qu'un jour deux énormes mères rats, voyant le chat s'approcher, crurent inutile de se cacher. Or, tout à coup, lorsqu'il fut tout proche d'elles, le chat bondit et les attrapa toutes deux.

Un chat pourrait perdre sa queue, il ne perdra jamais le goût de la chair fraîche.

Quand le chat est en prières,
Creusez, les rats, rentrez sous terre!

30

L'homme et son pigeon

AFRIQUE DU NORD

Il était une fois un homme qui avait un pigeon en cage. Le pigeon était très malheureux dans cette cage, car c'était un pigeon d'une grande sagesse, capable même de parler la langue des humains. Et il aurait voulu être libre, et explorer le vaste monde.

L'homme un jour décida de partir en voyage.

— Mon maître, s'il vous plaît, le pria le pigeon, si par hasard vous rencontrez de mes semblables, veuillez les saluer simplement et leur donner le bonjour de ma part.

L'homme promit de le faire tout au long de sa route. Mais il eut la surprise de voir, chaque fois qu'il rencontrait des pigeons, que ceux-ci faisaient les morts du plus loin qu'ils le voyaient.

À son retour, l'homme raconta la chose à son pigeon et conclut :

— Oui, tous tes amis ont feint d'être morts, alors je les ai laissés où ils étaient.

Le lendemain matin, à son réveil, l'homme découvrit que son pigeon gisait mort dans sa cage. Alors, ouvrant la cage, il ramassa le pigeon et le jeta dans les broussailles, derrière sa maison. Mais il n'avait pas plutôt ouvert la main que le pigeon, à tire-d'aile, s'envolait dans les airs pour aller se percher sur une haute branche. De là-haut, il dit à son maître :

— Merci bien ! Mais tu n'es plus mon maître. Mes amis m'ont donné là un bien précieux conseil. Ils m'ont fait comprendre comment quitter cette cage et recouvrer la liberté !

La hyène avisée

FULANI, GUINÉE

Une hyène affamée rencontra un jour un boucher en train de dépecer des chèvres et un poulet. Elle mendia un peu de cette viande, mais le boucher lui dit :

— C'est entendu, je vais t'en donner, mais seulement si tu arrives à compter jusqu'à dix sans prononcer « un ».

La hyène réfléchit un moment puis répondit :

— Ces deux chèvres et ce poulet ont à eux trois dix pattes.

Et elle eut droit à sa part de viande.

Qui veut manger doit savoir réfléchir.

Le chien et le lézard

BAMBARA, MALI

Le chien se demandait pourquoi personne ne l'aimait. Aussi, un jour, rencontrant un lézard sur la rive d'un fleuve, il lui demanda :

— Si nous étions amis ?

Le lézard accepta et demanda à son tour :

— J'aimerais aller voir le village ; pourrais-tu me prendre sur ton dos ? Je n'ai pas l'habitude du voyage.

Le chien offrit son dos, le lézard y prit place et tous deux partirent vers le village.

Le chien eut bientôt soif et s'arrêta pour boire dans le chaudron qu'une femme avait posé là, après l'avoir rempli au puits. Sitôt qu'elle vit ce chien qui buvait dans son chaudron, la femme accourut et lui frappa la tête d'un grand coup de cuiller à pot.

— Tu as vu ça ? demanda le chien au lézard

tout en s'arrachant de là. Personne ne m'aime, et pourtant je ne faisais que de boire un peu d'eau !

Il fit halte pour reprendre souffle, mais aussitôt un homme occupé à faire une lessive se rua sur lui en brandissant le bâton dont il se servait pour brasser le linge dans l'eau bouillante : le chien avait posé ses pattes boueuses sur le linge propre que l'homme avait étendu au sol pour le faire sécher au soleil. Avant d'avoir compris ce qui lui arrivait, le chien avait reçu un bon coup de gourdin sur le crâne et déjà il détalait, la tête ensanglantée.

Le chien s'arrêta une fois de plus pour reprendre haleine, cette fois à l'ombre de la boutique d'un boucher. Quelques gouttes de sang dégoulinaient de la carcasse d'un mouton que le boucher avait pendu là. Le chien se mit à lécher le sable gorger de sang, mais c'est alors que le boucher sortit de sa boutique. « Si je laisse ce chien lécher le sang par terre, se dit-il, je peux être sûr qu'il ne tardera pas à se servir un morceau ! » Et il frappa le crâne du chien du plat de son couperet.

Tandis que le chien détalait, le lézard, toujours sur son dos, l'implora d'une voix tremblante :

— Frère chien, je t'en prie, ramène-moi chez moi, sur ma rivière tranquille ! Je ne veux pas en savoir plus long sur les gens du village. Et j'ai assez voyagé pour un bon bout de temps. Mais je crois deviner pourquoi les hommes ne t'aiment pas...

La chèvre et la hyène

BAMBARA, MALI

Une vieille chèvre s'était mise en quête d'herbe tendre. Mais ce qu'elle trouva, ce fut une hyène qui lui demanda :

— Que fais-tu là, dans ces fourrés qui m'appartiennent ?

— Mais voyons, dit la vieille chèvre, c'est évident : je suis allée me promener pour que tu me manges !

La hyène trouva la réponse très drôle et dit à la chèvre :

— Oui, je vais te manger, à moins que tu ne sois capable de me dire deux vérités vraies.

— C'est facile, dit la chèvre. La première, c'est que tu n'as pas faim en ce moment, sinon tu m'aurais mangée tout de suite.

— Très juste, dit la hyène.

— Et la seconde, dit la chèvre, c'est que si je m'en vais dire aux gens du village que j'ai rencontré une hyène qui ne m'a pas mangée, ils ne me croiront pas.

— C'est bien vrai, ça aussi, soupira la hyène. Va, tu es libre.

Que faire ?

BAMBARA, MALI

Un homme avait pris femme dans un village voisin. Lorsque le temps fut venu d'aller chercher la jeune épousée pour la conduire dans sa maison, il demanda à son meilleur ami d'aller la lui chercher : lui-même ne pouvait pas y aller, trop occupé qu'il était à faire sa récolte.

L'ami se rendit à pied au village de la jeune épouse, puis refit avec elle le trajet qui menait à la maison de son futur mari. Mais en chemin il leur fallait traverser un large fleuve. Et comme la jeune femme venait de s'avancer dans l'eau, un monstre surgit qui s'empara d'elle et l'eut bientôt avalée.

Un deuxième monstre sortit la tête du fleuve et injuria le premier :

— Espèce de goinfre ! Tu l'as mangée tout

entière ! Et moi, maintenant, qu'est-ce que je vais manger ?

Sur quoi le premier monstre, celui qui avait gobé la jeune femme, répondit simplement :

— Il y en a un autre qui arrive, tu peux te le prendre tout entier. Moi, je suis rassasié.

Le jeune homme, entendant ces mots, réfléchit à ce qu'il convenait de faire.

Puis cet ami fidèle, tranquillement, entra dans le fleuve tout en sachant fort bien le sort qui l'attendait. Mieux valait se faire manger par un monstre que de devoir aller annoncer à son ami qu'il n'avait pas été capable de lui amener sa fiancée saine et sauve. Il s'avança dans le fleuve et fut avalé vivant. Que n'était-il entré dans l'eau le premier !

Les abeilles et la tortue

BAMBARA, MALI

Les abeilles s'étaient fabriqué un nouveau tambour. Les abeilles aiment danser, comme chacun sait, et ce jour-là elles dansèrent et bourdonnèrent des heures durant, avec leur tambour tout neuf et bien tendu. Tous les autres animaux, bien sûr, entendaient le bruit qui s'échappait de la ruche, et bientôt tous furent là, dans l'espoir de se voir inviter à la fête ; mais les abeilles avaient décidé de se réjouir entre elles seules. Il y avait là, pourtant, le lion, l'éléphant, le léopard, l'antilope, le porc et même la tortue.

Après avoir prêté l'oreille quelque temps, les animaux furent à ce point conquis par le son du tambour tout neuf qu'ils décidèrent de s'en emparer. Le lion s'y efforça le premier, mais il se fit piquer par plus de cent abeilles et s’enfuit en courant. Chacun à son tour, tous les animaux tentèrent de voler le tambour, mais en vain.

La tortue, pour finir, s’offrit à tenter sa chance. Les autres se moquèrent de bon cœur, mais la tortue pénétra dans la ruche et dit aux abeilles qu’elle était passée maître en l’art de jouer du tambour. Les abeilles lui permirent d’en jouer un moment et elle en joua, en effet, à merveille. Puis, tout à coup, le tambour disparut. L’astucieuse tortue l’avait caché sous sa carapace. Alors, prenant poliment congé, elle s’en alla tranquillement. Les abeilles essayèrent de la piquer, mais sans effet, l’autre était bien trop protégée. C’était pourquoi, d’ailleurs, elle avait eu l’audace d’entreprendre ce que personne n’avait pu faire.

42

La maison du léopard

FULANI, NIGERIA

Le léopard, seigneur de la jungle – qui est le royaume des animaux –, voulait avoir une maison neuve. Tous les animaux offrirent leur aide pour la construire. La tortue creusa les fondations ; le lion tailla les piquets à la longueur voulue ; l'hyène les planta dans les trous creusés par la tortue ; le lièvre lia entre elles les solives du toit ; le serval garnit les murs de claies ; l'âne coupa les roseaux que la chèvre tressa et ce fut le chimpanzé, pour finir, qui en recouvrit le toit.

Lorsque le léopard revint de la chasse, qui avait été fructueuse, il trouva sa maison toute prête. Mais croyez-vous qu'il remercia pour la peine qu'avaient prise les autres ? Pas du tout ! Il se contenta de dire au chimpanzé de décamper, parce qu'il ne voulait pas qu'on le dérangeât.

Les animaux alors réunirent un conseil, formé de tous ceux qui avaient travaillé dur pour bâtir la maison, et tous se plaignirent amèrement. La chèvre déclara :

— Je suis juge et je vais envoyer mon serviteur sommer ce léopard de comparaître pardevant cette assemblée.

Le chien fut alors envoyé pour convoquer le léopard, mais celui-ci, au lieu de l'écouter, lui sauta dessus et le dévora.

C'en était trop. Non seulement le léopard n'avait pas remercié ses ouvriers, non seulement il ne leur avait rien offert de ce qu'il avait rapporté de la chasse, mais voilà que, bien pis, il dévorait l'un des leurs ! L'éléphant, cette nuit-là, marcha sur la maison du léopard et la renversa. Quant au léopard, affolé, il s'enfuit dans la jungle où l'on peut l'entendre toujours, qui gronde et qui renâcle. Les animaux, après cela, élirent l'éléphant comme seigneur de la jungle.

Le chef doit être celui qui n'a rien à craindre, d'aucun de ses sujets.

La peine et le profit

FULANI, AFRIQUE OCCIDENTALE

Un astronome, une nuit, était en train d'observer le ciel. Il y remarqua tout à coup une vache grosse et grasse, suspendue à la Lune au bout d'une longue corde. Sa peau brillait sous le rayon de lune qui jouait sur son ventre rond. Elle était pleine de vie et lançait des ruades, et mugissait haut et fort, mais personne ne l'avait vue, personne, sauf l'astronome, plus observateur que les autres.

Il s'en alla chercher un ami qui était chasseur. Celui-là aussi avait la vue perçante et il vit la vache pendue au bout de sa corde. Avec le plus grand soin, il ajusta son arc, visa, tira, et sa flèche coupa net la corde.

La vache alors tomba, loin de là, et elle finit par plonger dans l'eau d'un fleuve. Un pêcheur qui pêchait là attrapa la vache par les cornes au bout d'une solide ligne. Il tira sur la corde et parvint, à grand-peine, à haler la vache sur la rive. Mais sitôt qu'il eut dénoué la corde de ses cornes, la bête lui échappa et s'enfuit : elle voulait rejoindre un troupeau qui entrait dans un enclos.

La vache de la Lune suivit dans l'enclos les autres vaches et les taureaux, et le fermier referma la barrière. Il remarqua au passage, d'un regard de connaisseur, la nouvelle pièce de bétail dont venait de s'enrichir son troupeau. C'était de loin la plus belle et la plus grasse de ses bêtes. Il ne put se retenir de sourire et se dit : « Qui me fait ce don ? Je ne sais, mais qu'il en soit remercié. »

Aux uns la peine, aux autres le profit !

Le perroquet gris et le pigeon vert

BULU, CAMEROUN

Le perroquet gris possédait un étang qui contenait non pas de l'eau, mais des liquides de toutes les couleurs, comme ceux dont on se sert pour la teinture. En ce temps-là, tous les oiseaux étaient gris, et le perroquet reçut de Zobé, le dieu de la Création, l'ordre de les peindre selon leurs désirs.

Ainsi, un matin, le perroquet gris (qui demeura gris parce qu'il ne se peignit jamais lui-même) fit savoir par toute la forêt qu'il était prêt à colorer les oiseaux. Ils se présentèrent, les uns après les autres, et, après avoir respectueusement salué le perroquet, chacun lui indiqua quelle couleur il désirait pour son plumage et à quel endroit au juste. Chacun priait le perroquet de le peindre le plus exactement possible selon son souhait : le tourako, par exemple, réclama du rouge partout.

Le pigeon vint pour se faire teindre en vert, mais n'ouvrit pas le bec pour le dire. Il se contenta de se percher là, sans parler. Je pense qu'il était tout simplement trop timide, mais le perroquet trouva que c'était de bien mauvaises façons que d'être venu se poser là sans même le saluer. Quand tous les oiseaux eurent leurs plumes bariolées à leur idée, le perroquet demanda au pigeon ce qu'il voulait. Celui-ci enfin ouvrit le bec pour demander :

— Pourriez-vous me peindre aussi, s'il vous plaît ?

Mais le perroquet gris était furieux après le pigeon :

— Tu ne manques pas de toupet, toi ! Il est beaucoup trop tard, maintenant ! Que ne me l'as-tu demandé plus tôt, et poliment ? Allez, ouste !

Et, tout en houspillant le pigeon, il avait pris la touffe d'herbe verte dont il s'était servi pour peindre, et il en frappa d'un grand coup le pigeon. Il restait, sur le pinceau vert, une ou deux gouttes de peinture rouge : et c'est pourquoi le pigeon vert est vert, tout vert comme de l'herbe verte, avec juste le bec et les pattes rouges.

Comment la tortue déjoua les astuces de son beau-père

BULU, CAMEROUN

La tortue se cherchait femme à sa convenance. Elle trouva bientôt une jeune fille qui consentait à l'épouser. Mais il restait à obtenir le consentement du père et à se mettre d'accord sur le « prix de la mariée ». Malheureusement, comme le père de la jeune fille ne tenait pas précisément à avoir une tortue pour gendre, il donna la condition que voici :

— Tout ce que je veux en échange de ma fille, c'est trois gerbes d'eau proprement liées avec de la ficelle.

— Entendu, répondit la tortue. J'irai te les chercher dès que tu m'auras fabriqué cette ficelle avec la fumée de ta pipe.

Voir et entendre

DOUALA, CAMEROUN

L'araignée se lia d'amitié avec le mille-pattes. Un jour qu'ils étaient ensemble, le mille-pattes dit :

— Savais-tu, ma chère, que les humains sont sourds ? Quand je piétine de mes mille pieds, ils n'en entendent pas seulement un se poser.

L'araignée lui répondit :

— Vraiment ? Et moi, t'avais-je dit que j'ai découvert qu'ils sont aveugles aussi ? Quand je viens juste de tisser une nouvelle demeure, il faut qu'un humain me la démolisse en marchant droit dedans !

— Oui, dit le mille-pattes, mais il y a pire : les humains n'aiment pas leur corps ; ils s'entêtent à le recouvrir, de sorte que nul ne peut voir les merveilles que Dieu leur a données !

— Très juste, dit l'araignée, et il y a bien d'autres choses, d'ailleurs, que Dieu nous a données et qu'ils n'aiment pas. Comme le soleil ou la pluie, par exemple, dont il faut qu'ils se protègent avec de stupides chapeaux ou des parapluies !

Et tous deux furent d'accord pour conclure que les humains devaient être bien sots, pour ne pas savoir aimer ce que Dieu leur a donné.

Les deux chats

DOUALA, CAMEROUN

Un homme avait un chat et une cour pleine de poulets. Mais il remarqua, au bout de quelque temps, que presque chaque nuit, un de ses poulets disparaissait. Il accusa son chat de les lui voler, mais le chat protesta de son innocence. L'homme alors décida de tendre un piège à son voleur et il fabriqua une cage qu'il appâta avec un poulet. Le lendemain matin, en visitant sa trappe, il y trouva un « chat de la brousse* ». Depuis lors, plus un poulet ne disparut.

N'accuse jamais personne sans avoir de bonnes raisons de le faire.

* Un serval

Le vent et l'hirondelle

DOUALA, CAMEROUN

Le vent soufflait de toutes ses forces et clironnait :

— Je suis le plus fort ! Plus fort que quiconque ! Houuuuuu !

L'hirondelle dit au vent :

— Je parie que je peux voler quelle que soit ta force !

Le vent accepta le pari et mit au défi tous les oiseaux de voler dans la tornade qu'il faisait souffler.

L'aigle fit un essai, mais il échoua ; le faucon essaya plusieurs fois ; le héron tenta sa chance, mais il tomba et se brisa l'aile. Seule l'hirondelle réussit à se maintenir en vol dans la tempête.

L'adresse n'a rien à voir avec la taille. Ne te prononce pas sans savoir.

Le faucon, le héron, la tortue et le lion

DOUALA, CAMEROUN

Le faucon et le héron vivaient ensemble en toute amitié. Ils chassaient ensemble, mangeaient ensemble. Un jour, pourtant, le faucon dévora toute la viande de la journée. Quand le héron rentra, il se mit en colère et s'en prit furieusement au faucon. La tortue, entendant cette affreuse bataille, vint tenter de les séparer.

Lorsque le combat cessa, le faucon avait perdu un œil. Le héron en colère accusa la tortue, mais la tortue, bien sûr, dit que seul le héron pouvait avoir fait cela.

Ils décidèrent de demander à l'éléphant son arbitrage sur ce point, mais l'éléphant leur dit :

— Cela ne me regarde pas.

Alors ils allèrent trouver le lion, qui interrogea en détail les parties prenantes. Le faucon n'avait pas pu y voir bien clair, puisqu'il avait perdu un œil, si bien que son témoignage n'était pas sûr. Le héron, quant à lui, accusait bruyamment la tortue, mais le lion émit ce verdict :

— Il faut laisser aller la tortue. Il n'y a pas assez de preuve, ni dans un sens, ni dans l'autre. Il est plus probable que ce soit toi, héron, qui aies causé cette blessure, avec tes gestes vifs et ton bec bien pointu. De plus, c'est toi qui te battais ; la tortue, quant à elle, ne cherchait qu'à faire la paix.

Quand la tortue voyage

YAOUNDÉ, CAMEROUN

Un jour, la tortue se mit en route pour le pays Mebenga ; là, elle voulait demander la main de la fille de Zameo. Mais lorsqu'elle arriva, après plusieurs jours de voyage, ce fut pour apprendre que Zameo était mort. Elle se rendit alors à la maison des hommes pour y rencontrer les frères et les fils de Zameo. Ils répondirent à sa demande :

— Tu pourras épouser notre nièce si tu arrives à obtenir le consentement de Zameo lui-même.

C'était bien sûr une condition impossible à remplir, et tous le savaient bien ; mais peu d'hommes acceptent de bon cœur de marier leur nièce ou leur sœur à un étranger. La tortue accepta néanmoins, priant seulement qu'on lui accordât un délai de trois jours.

La tortue alla trouver son devin attitré, Nzozoli, qui lui dit :

— Chaque fois, frère tortue, que sur ton chemin quelqu'un viendra vers toi, donne-lui à manger, quel qu'il soit.

La tortue se mit en route et atteignit bientôt une forêt. Là, elle rencontra un rat.

— Que fais-tu, seul dans cette forêt, frère rat ?

— Frère tortue, comment peux-tu poser une telle question ? Depuis hier, je n'ai rien mangé.

La tortue ramassa le rat et le plaça dans son havresac, qu'elle avait garni de pain avant le départ.

— Là, installe-toi bien, et mange là-dedans tout ce que tu voudras.

Et la tortue reprit sa route, tandis que le rat grignotait à belles dents au fond du havresac.

La tortue aperçut ensuite une hirondelle sur une branche et lui demanda ce qu'elle faisait là.

— Tortue, mon cher frère, je n'ai rien avalé de toute la journée.

— Allons, viens, installe-toi dans mon sac. Et manges-y ce que tu voudras.

L'hirondelle rejoignit le rat à l'intérieur du sac.

Au bout d'un long voyage, ils revinrent au pays Mebenga. Là, les hommes du clan de Zameo emmenèrent la tortue sur la tombe de leur vieux chef.

— Et maintenant, lui dirent-ils, tâche de faire en sorte que Zameo nous parle.

La tortue avait pris soin de libérer le rat de son sac et de lui dire en détail ce qu'il lui fallait faire. Le rat courut en avant, invisible dans les hautes herbes, et se cacha dans un trou creusé par l'un de ses semblables sous le tombeau du chef de clan.

— Chef Zameo, dit bien haut la tortue, acceptes-tu que j'épouse ta fille ?

Une voix douce s'éleva de la tombe :

Tous les hommes étaient stupéfaits, mais ils camouflèrent leur surprise.

— Il te reste encore une épreuve à passer, dirent-ils à la tortue. Prends de la terre dans ta main et lance-la en l'air. Si elle retombe, tu ne peux pas épouser la fille de Zameo.

Encore une épreuve impossible, naturellement, mais la tortue y était préparée. Prenant l'hirondelle dans son havresac, elle se pencha vers le sol pour faire semblant d'y prélever une poignée de terre. Et ce faisant elle chuchotait à l'hirondelle :

— Envole-toi très haut et ne redescends pas ici.

Sur ces mots, elle la lança en l'air. L'hirondelle s'éleva, s'éleva, jusqu'à disparaître hors de la vue.

Alors les hommes du clan durent donner leur consentement, et la tortue fut autorisée à emmener sa fiancée.

Malheureusement, en chemin, ils rencontrèrent le léopard, qui s'empara de la fiancée et l'emporta sur ses terres. La tortue l'y suivit, inspecta rapidement les lieux, creusa un piège et attendit.

Au bout d'un moment, le léopard sortit de chez lui, ferma soigneusement sa porte et s'avança le long du sentier ? Il tomba droit dans le piège. Pourquoi ? Parce que la tortue avait placé sa trappe sur le chemin qui menait aux latrines du léopard.

Tire leçon de cette histoire : sois toujours prêt à affronter l'adversité.

61

La part du lion

NUBIEN, SOUDAN

Un jour le lion, le loup et le renard s'en-allèrent chasser ensemble. Ils attrapèrent un âne sauvage, une gazelle et un lièvre. Le lion dit alors au loup :

— Loup, c'est toi, aujourd'hui, qui feras le partage.

Le loup dit :

— Il me semble équitable, sire, que vous receviez l'âne sauvage et que mon ami le renard prenne le lièvre. Quant à moi, je me contenterai de la gazelle.

À ces mots, le lion se mit en rage. Il souleva sa grosse patte puissante et l'abattit sur la tête du loup. Le loup eut le crâne brisé et mourut presque aussitôt.

Alors le lion s'adressa au renard :

— À ton tour, maintenant, d'effectuer le partage ; et tâche de mieux t'y prendre.

Le renard dit solennellement :

— L'âne sera pour votre déjeuner, sire, la gazelle sera pour le souper de Votre Majesté et le lièvre vous revient, pour votre petit déjeuner de demain.

Le lion, surpris, lui demanda :

— Et depuis quand es-tu aussi sage ?

Le renard répondit :

— Depuis que j'ai entendu craquer le crâne du loup, Majesté.

L'homme, le crocodile et le renard

NUBIEN, SOUDAN

Durant la saison des crues, le Nil épand ses eaux sur de vastes étendues. Un jour, sans prévenir, l'eau redescendit de plusieurs pieds en quelques heures. Un crocodile se retrouva au sec, loin de l'eau. Il se mourait. Un bédouin qui passait par là sur son chameau l'aperçut, prit pitié et lui dit :

— Que me donneras-tu, crocodile, si je te transporte jusqu'au fleuve ?

Le crocodile ouvrit sa grande gueule pleine de dents et dit dans la langue des humains :

— Je promets que moi-même et tous ceux de ma race t'épargnerons à jamais, ainsi que les tiens.

Le bédouin alors ligota le crocodile, le chargea sur son chameau et le transporta jusqu'au fleuve. Là, il déchargea le crocodile et le délivra de ses liens.

— Et maintenant, je vais te manger, dit le crocodile, car j'ai terriblement faim.

Un renard survint sur ces entrefaites et demanda ce qui se passait. Le bédouin et le crocodile exposèrent chacun sa façon de voir la situation, mais le renard feignait de n'y rien comprendre.

— Attaché ? Tu dis bien ? Ce crocodile était attaché ? Mais attaché comment ? Je n'arrive pas à comprendre. C'est toi qui l'avais attaché ? Mais comment avais-tu fait ? Avec cette corde ? Comment cela ? Autour des pattes ? Et les pattes de devant aussi ? Fais voir...

Et ainsi de suite, jusqu'à ce que l'homme eût de nouveau entièrement ligoté le crocodile, rien que pour lui faire voir comment il s'y était pris.

— Eh bien, maintenant, laisse-le comme il est, dit le malin renard, et ne le délivre plus.

L'homme éventra le crocodile et donna au renard toutes les entrailles pour qu'il se régale.

Ne fais jamais confiance à un crocodile – pas plus qu'à un renard.

65

Le lion et l'âne

AFRIQUE ORIENTALE

Le lion s'était lié d'amitié avec l'âne. Comme ils se promenaient ensemble, un corbeau éclata de rire à la vue de cette étrange paire :

— Comment se fait-il, messire Lion, croassa-t-il, que vous soyez en compagnie d'un âne stupide ?

Le lion lui répondit :

— Quiconque m'est utile peut se promener en ma compagnie.

Un peu plus loin, un autre âne sur leur chemin les salua ainsi :

— Bien le bonjour, messire Lion ! Et salut, mon frère !

Sur quoi l'âne se mit à braire :

—Un peu de respect, piétaille ! Tu ne vois donc pas que je suis le compagnon du roi ?

Ils arrivèrent, un peu plus loin, à un endroit où une caverne s'ouvrait dans le roc. Elle avait deux entrées, mais toutes deux trop étroites pour le lion comme pour l'âne. Alors le lion dit à l'âne de se poster près de l'une des entrées, tandis que lui-même prenait place près de l'autre, mais soigneusement camouflé. Puis il fit signe à l'âne de braire. L'autre donna de la voix à pleine gorge. Dans la caverne se cachait une antilope. Épouvantée par le formidable braiment de l'âne, elle ne fit qu'un bond hors de la caverne par l'issue opposée, droit dans la gueule du lion.

L'âne tenta de convaincre le lion qu'il avait droit, lui aussi, à sa part du festin ; il lui fit observer qu'après tout, si cette antilope s'était laissé prendre, c'était grâce à son braiment à lui, l'âne. Mais le lion rugit, pour toute réponse :

— Disparais de ma vue, avant que je ne te dévore à ton tour.

Voilà ce qui arrive quand un âne perd son temps à se faire l'ami d'un lion.

L'arc

AFRIQUE ORIENTALE

Un chasseur avait pour arme le meilleur arc qu'on eût jamais vu. Ses flèches volaient plus loin que toutes les autres et touchaient plus souvent leur but. Mais le chasseur se dit un jour :

« Si j'effilais le bois de cet arc, il serait encore plus souple et mes flèches encore plus rapides... »

Aussi prit-il son couteau pour amenuiser encore le bois de l'arc. Hélas ! D'un coup sec, l'arc se cassa net. Le chasseur avait perdu le plus précieux de ses biens.

Le mieux est l'ennemi du bien.

Qui est le meilleur ?

AFRIQUE ORIENTALE

Les animaux, un jour, discutaient de savoir qui était le meilleur d'entre eux.

— C'est moi ! grondait le lion. Car je suis le plus redoutable.

— Non c'est moi, claironnait l'éléphant, car je suis le plus gros.

— Pas du tout, c'est moi, sifflait la vipère : car ma piqûre ne pardonne pas.

— Et moi ? criait l'aigle. Ne suis-je pas celui qui vole le plus haut ?

Et la discussion se poursuivit ainsi longtemps. Le guépard revendiquait le titre, parce qu'il était le plus rapide, la girafe, parce qu'elle était la plus grande, le python, parce qu'il était le plus long, et la brebis, parce qu'elle était la plus patiente…

Pour finir, ils se mirent d'accord pour faire appel à l'homme et lui demander d'arbitrer la chose. L'homme arriva et dit :

— Le meilleur des animaux ? C'est la vache, parce que c'est elle qui m'est le plus utile.

Chacun juge d'abord d'après son propre intérêt.

L'autruche et le moineau

AFRIQUE ORIENTALE

L'autruche dit au moineau :

— C'est à toi de m'obéir. Je suis plus grande, plus forte et plus importante que toi, qui n'es vraiment pas grand-chose.

Juste à cet instant, des chasseurs surgirent, qui aperçurent l'autruche. Ils tirèrent. Une seconde plus tard, l'autruche se mourait. Le moineau s'envola, sain et sauf : comme il n'était vraiment pas grand-chose, les chasseurs ne se souciaient pas de lui.

Quand le lion se meurt

AFRIQUE ORIENTALE

Le lion était mourant–les lions eux-mêmes doivent mourir un jour–et il soupirait :

— Peut-être ai-je beaucoup péché, mais j'ai fait de bonnes actions aussi. Comme ce jour, par exemple, où j'ai fait preuve de clémence en n'attaquant pas un agneau, et tout en même temps de patience envers cette brebis qui se moquait de moi !

Le chacal, qui attendait la mort du lion, lui fit remarquer en ricanant :

— Oui, je me souviens bien de ce jour. C'était il n'y a pas si longtemps. Tu aurais un éclat d'os en travers de la gorge et tu faisais des bonds sur place sans savoir comment t'en tirer. Il a fallu qu'une grue vînt t'enlever cet os du gosier.

Les tyrans sont bien souvent des hypocrites, mais en retour ils reçoivent peu de compassion. En témoignent-ils jamais eux-mêmes ?

Le singe cultivé

AFRIQUE ORIENTALE

Un jour messire Lion fit connaissance d'un singe qui savait lire et écrire. Il fut si satisfait de son nouvel ami qu'il en fit son Premier ministre (son waziri). Le royaume devint prospère, mais le chacal était furieux, parce que Sa Majesté le Lion passait le plus clair de son temps en compagnie du singe très sage à discuter de la parole transmise par le Saint Prophète, au lieu de chasser et de capturer du gibier pour lui-même et le chacal. Aussi le chacal commença-t-il à calomnier le singe dans l'oreille du lion, affirmant que le singe n'attendait que le jour de devenir roi à son tour, après avoir empoisonné le lion. Le lion finit par croire le chacal, parce que ce dernier ne cessait de répéter ces infâmes calomnies.

Si bien qu'un jour le lion abattit sa grosse patte sur son Premier ministre et que le singe, frêle et âgé, tomba mort sur-le-champ. Sitôt qu'il vit ce qu'il avait fait, le lion comprit qu'il venait de tuer son meilleur ami.

— Hélas ! se lamentait-il, j'ai perdu en même temps mon Premier ministre et mon meilleur ami.

— Ne vous tourmentez pas, sire ! dit une voix. Votre meilleur ami, c'est moi, et me voici !

C'était le chacal, qui avait observé la scène à distance. Le lion voulut le croire et en fit son Premier ministre. Mais le pays périclita.

L'âne et le rossignol

AFRIQUE DU NORD ET AFRIQUE ORIENTALE

Un soir le rossignol chantait merveilleusement. Un âne l'écoutait et, lorsque le rossignol se tut pour reprendre son souffle, l'âne fit observer :

— Très joli ! vraiment, mon ami emplumé. Mais chez moi, nous avons un coq qui chante tous les matins et il chante bien plus fort que toi. Tu ne risques pas de faire mieux que lui !

Ne gaspille donc pas tes talents auprès de ceux qui sont incapables de les apprécier vraiment.

L'écureuil et l'escargot

ZANDE, NORD-EST DU ZAÏRE

L'escargot allait son chemin à son allure habituelle. Il rencontra l'écureuil qui filait à grands bonds.

— Pauvre traînard ! lui lança l'écureuil. Ce n'est pas toi qui risques d'aller vite, sans pieds ni pattes comme tu es !

Mais l'escargot répondit :

— Non seulement je sais courir, mais encore, tu verras, demain je ferai la course avec toi, et c'est moi qui gagnerai, pari tenu ? Aujourd'hui je me promène pour le plaisir.

L'écureuil accepta le défi. L'escargot vivement s'en fut trouver son frère et lui dit :

— Va te poster demain au bord de la rivière. Quand tu verras un écureuil arriver là en courant comme un fou, tu n'auras qu'à crier : « Je suis déjà là ! » C'est tout ce que je te demande de faire.

Le lendemain matin, l'écureuil vint au rendez-vous et accepta de faire la course avec l'escargot, entre le gros arbre et le bord de la rivière.

Un, deux, trois ! L'écureuil fonça en avant. Mais comme il atteignait le bord de la rivière, il entendit crier :

— Ça y est, je suis déjà là !

Il revint alors en courant au gros arbre, mais là encore il vit l'escargot qui lui dit :

— Je suis déjà de retour, moi !

L'écureuil hors d'haleine dut admettre sa défaite.

Tous les escargots se ressemblent. Il est utile d'avoir un bon frère. Attends-toi toujours à l'inattendu. La chance peut tourner !

La tortue, l'éléphant et l'hippopotame

ZAÏRE

Un jour, la tortue rencontra l'éléphant qui lui dit en trompettant :

— Écarte-toi de mon chemin, mauviette, ou je vais te marcher dessus !

La tortue, sans s'émouvoir, resta là où elle était. L'éléphant lui mit le pied dessus, sans pourtant arriver à l'écraser.

— Ne te vante donc pas, éléphant, je suis aussi forte que toi !

Ainsi parlait la tortue, mais l'éléphant se mit à rire. Alors la tortue l'invita à se trouver là le lendemain matin, sur ce même coteau.

Avant le lever du jour, la tortue descendit la pente jusqu'au bord de la rivière ; elle y trouva l'hippopotame qui retournait dans son eau après son repas nocturne.

— Monsieur Hippo ! Que diriez-vous d'un petit jeu de lutte ? Je parie que je suis aussi forte que vous.

L'hippopotame se mit à rire, mais il accepta le pari. La tortue déroula une longue corde et dit à l'hippopotame d'en prendre un bout entre ses mâchoires et d'attendre son signal pour tirer. Puis elle remonta vers le haut de la colline. Là, sur l'autre versant, l'attendait l'éléphant qui s'impatientait déjà. Elle lui donna l'autre bout de la corde et lui dit :

— Quand je crierai « hé ! », tirez, s'il vous plaît. Et vous verrez qui de nous deux est le plus fort.

La tortue alla se camoufler à mi-pente et cria : « hé ! » L'éléphant et l'hippopotame se mirent à tirer chacun de son côté, à tirer, à tirer, mais ils étaient d'égale force. Et chacun dut admettre que la tortue était beaucoup plus forte qu'il ne l'aurait cru.

N'accepte jamais un pari avec un partenaire en qui tu ne peux avoir confiance. La tortue laisse aux autres tous les efforts et s'en attribue le bénéfice.

Les animaux

DIGO, TANZANIE

Jadis, il y a bien longtemps, tous les animaux étaient des animaux domestiques. Ils vivaient avec l'homme dans son jardin. Mais il ne pouvait toujours en être ainsi, bien sûr, parce que certains animaux aiment trop la liberté, que d'autres sont coléreux et violents par nature, d'autres trop fiers, d'autres trop délicats et sensibles. Aussi, sans trêve, cherchaient-ils querelle à l'homme, jusqu'à ce que ce dernier leur dît, pour finir :

— Je ne peux plus vous supporter, allez-vous-en ! Allez vivre dans la nature sauvage ! Il n'est pas question de rester avec moi si vous refusez de m'obéir !

Et c'est ainsi que la plupart des animaux s'en allèrent : le lion colérique, le léopard rapace, la hyène souillon, l'orgueilleuse girafe, la frêle gazelle, le rhinocéros au sale caractère et l'indomptable éléphant. D'autres restèrent : la chèvre goulue, l'humble brebis, la vache placide et le chien docile. Ceux-là acceptèrent de vivre avec l'homme et de faire tout ce qu'il voudrait.

Le chien persévérant

BURA, RÉPUBLIQUE CENTRAFRICAINE

Un chien s'évertuait à briser entre ses dents un gros os de fémur.

— Pourquoi tant de peine, rien que pour un vieil os sec et dur ? lui demanda son maître.

Le chien répondit :

— Parce que je compte bien trouver là-dedans de la moelle exquise.

Table des matières

Castor Poche

Des livres pour toutes les envies de lire,
envie de rire, de frissonner,
envie de partir loin
ou de se pelotonner dans un coin.

Des livres pour ceux qui dévorent.
Des livres pour ceux qui grignotent.
Des livres pour ceux qui croient ne pas aimer lire.
Des livres pour ouvrir l'appétit de lire et de grandir.

Castor Poche rassemble des textes du monde entier ; des récits qui parlent de vous mais aussi d'ailleurs, de pays lointains ou plus proches, de cultures différentes ; des romans, des récits, des témoignages, des documents écrits avec passion par des auteurs qui aiment la vie, qui défendent et respectent les différences. Des livres qui abordent les questions que vous vous posez.

Les auteurs, les illustrateurs, les traducteurs vous invitent à communiquer, à correspondre avec eux.

Castor Poche
Atelier du Père Castor
4, rue Casimir-Delavigne
75006 PARIS

Castor Poche, des livres pour toutes les envies de lire : pour ceux qui aiment les contes et les fables, voici une sélection de contes et fables du monde entier.

666 9 récits de Paris — Senior

par Liliane Korb et Laurence Lefèvre

Saviez-vous que les Normands avaient attaqué Paris par la Seine ? Que la rue de la Grande-Truanderie porte bien son nom ? Avez-vous déjà vu le Petit Homme Rouge aux tuileries ? La Capitale regorge d'histoires, presque toutes vraies...

665 13 contes de l'Empire mongol — Senior

par Laure de Cazenove et Odile Weulersse

Dans le désert des steppes, les caravanes avancent, doucement. Malgré ce calme apparent, nombreuses sont les aventures qui se déroulent autour des troupeaux. Genghis Khan passe par là et le vent se met à souffler très fort.

664 6 récits d'un château fort — Junior

par Jacqueline Mirande

Aujourd'hui il ne reste que des ruines. Derrière les pierres pourtant, c'est l'histoire des hommes. De Philippe-Auguste à Napoléon III, la vie et la mort d'un château-fort. Sa construction, ses aventures, ses batailles nous sont racontées à travers les siècles.

663 21 contes d'ours — Junior

par Michel Bournaud

On dit souvent des ours qu'ils sont féroces et mal léchés... En Russie ils sont rois ; en Norvège ils volent le soleil ; en Amérique du Nord, ils sont si familiers qu'on les dit humains... Pour frissonner et rêver.

625 19 contes du Limousin — Junior

par Jan Dau Melhau

Un enfant gros comme un poing dans l'estomac d'un loup, un homme qui se mesure au diable, un métayer qui roule son maître... à la découverte du folklore occitan, ses mythes, contes moraux et contes d'animaux, facéties et démesures.

618 Les douze travaux d'Hercule — Junior

par Dominique Buisset

— Hèraklès, chez les anciens Grecs, était un des héros les plus populaires de la mythologie.
— Vous parlez d'Hercule ?
— Il s'appelait Hèraklès ! Au terme d'une vie d'épreuves...
— Oui, les travaux d'Hercule...
— Hèraklès !....Il fut récompensé par l'apothéose.
— L'apothé-quoi ?
—... ose !
— Mais... vous me tutoyez, maintenant ? En voilà des façons !....
— Oh ! La barbe !.... Après tout, vous n'avez qu'à lire le livre vous-même !

617 La nuit de la Saint-Sylvain — Junior

par Madeleine Ley

Les canaux sont gelés, les patineurs s'en donnent à cœur joie. Dans la nuit froide, un bateau est figé dans la glace, il n'existe que pour Barbara, juste pour elle, le temps de la nuit de la Saint-Sylvain.

605 Les aventures du chevalier Huon — Senior

par François Suard

Huon de Bordeaux est condamné par Charlemagne à partir pour Babylone, loin, très loin. Il doit en rapporter la preuve de sa fidélité. Commence alors pour le beau chevalier un voyage aux confins du monde connu. Il y rencontre une fée, des créatures dangereuses, mais aussi l'amour...

588 La légende de Mélusine — Senior

par Michèle Perret

Punie pour une faute qui ressemble plutôt à une grosse bêtise d'enfant, Mélusine est une jeune fée condamnée à errer, le plus souvent sous forme de serpent, jusqu'au jour où elle rencontrera un homme qui veuille bien l'épouser et ne jamais chercher à la voir le samedi. Le jeune Raymondin, perdu et désespéré, tombe amoureux d'elle et accepte ses conditions. Mais alors que la jalousie la tenaille, saura-t-il tenir sa promesse ?

570 Contes de Vivek l'éléphant — Junior

par Partap Sharma

En Inde, l'éléphant est le symbole de la sagesse, il protège les maisons et les hommes. Vivek l'éléphant et son jeune maître, Shintu, affrontent une terrible sécheresse et doivent quitter le village pour chercher de l'eau. Ces quatre contes indiens nous révèlent un monde bien loin du nôtre et sont un hymne à la générosité, à la sagesse.

566 Les contes de Grimm — Junior

par Wilhelm Grimm
Jacob Grimm

La belle au bois dormant, le petit chaperon rouge, Cendrillon… Voici une sélection de neuf contes, parmi les plus connus, recueillis par les frères Grimm.

554 Contes du Viêt-nam — Junior

par Nguyên-Xuân-Hùng

Pourquoi le tigre a-t-il des rayures ? Comment sont apparus les singes aux fesses rouges ? Savez-vous pourquoi le génie des Montagnes et le génie des Eaux sont les pires ennemis ? Les contes et légendes de ce recueil nous entraînent dans l'histoire et les traditions orales du Viêt-nam.

550 **La légende oubliée** — **Junior**

par Adeline Yzac

Marie a disparu ! Elle ne laisse pour seule trace que l'anse de sa cruche brisée. Le village est bouleversé et son promis, Antonin, jure de la retrouver. Il part, guidé par les mots d'une légende oubliée qui lui revient peu à peu à la mémoire, et dont il pressent que la chute lui donnera la solution de sa quête.

545 **La légende de la ville d'Ys** — **Senior**

par Charles Guyot

À Quimper règne Gradlon ; il aime sa fille, Dahut, passionnément. Dahut, belle, fière et indépendante, refuse de se soumettre à la loi de l'Église. Par amour pour elle, Gradlon construit Ys. La ville est un défi pour Corentin, évêque de Quimper, et la lutte s'engage

529 **Les fables de La Fontaine** — **Junior**

par Jean de La Fontaine

Une sélection de fables savoureuses, où les animaux parlent notre langue et portent nos habits. Le plus célèbre fabuliste met en scène bon nombre de défauts des hommes avec une verve et un talent incontestables.

192 **Dix-neuf fables du méchant loup** — **Junior**

par Jean Muzi

Dix-neuf fables et contes empruntés à la littérature populaire d'Europe, d'Asie et du Moyen-Orient dans lesquels le loup est accusé des pires cruautés. Tour à tour couard, naïf, lourdaud, sot et borné, le loup tombe sans cesse dans les pièges les plus grossiers. Accablé de moqueries, ridiculisé et berné, il subit de cruels supplices.

185 **Contes d'Espagne** **Junior**

par Carmen Bravo-Villasante

Dix-sept contes tirés du trésor des récits traditionnels scrupuleusement recueillis dans les différentes régions d'Espagne. Des récits humoristiques, merveilleux et symboliques qui intriguent et réjouissent tout à la fois, et où la peur se transforme rapidement en rire…

169 **10 contes d'Afrique noire** **Junior**

par Ashley Bryan

Dix contes africains pleins de vie, déroutants et drôles où l'on voit la poule ruser avec la grenouille, le buffle et l'éléphant se prendre de querelle, un bébé grenouille et un petit serpent jouer ensemble avant de se découvrir ennemis jurés…

145 **Contes des rives du Niger** **Junior**

par Jean Muzi

Le Niger est l'un des plus grands fleuves d'Afrique. Voici vingt contes qui reflètent la culture des cinq pays qu'il traverse ; la Guinée, le Mali, le Niger, le Bénin et le Nigéria. Derrière la simplicité des récits, le comique des situations et l'humour des personnages se cache une profonde sagesse.

135 **17 contes d'Algérie**
L'oiseau du grenadier **Junior**

par Rabah Belamri

Dix-sept contes recueillis dans un village de Kabylie. De vrais contes, souvent drôles, parfois cruels, où la magie est omniprésente et dans lesquels la tendresse, l'humour et la dérision se font les garants de toute une tradition orale. Ces contes parleront à tous d'une culture authentique et colorée.

108 10 histoires de diable **Junior**

par Natalie Babbitt

Rude métier que celui du diable ! Une réputation à tenir, et la lourde charge de l'enfer, de ses pensionnaires bien souvent grincheux (c'est logique), et de son personnel qui oublie parfois d'être démoniaque. Alors le diable descend sur terre pour y tenter quelques mauvais coups... Mais il n'est pas si facile de duper les humains !

90 Dix-neuf fables du roi lion **Junior**

par Jean Muzi

Dix-neuf fables originaires de plusieurs continents qui nous présentent un lion peu fidèle à son image habituelle. Le roi des animaux, tour à tour peureux ou lâche, est ridiculisé ou berné par des animaux beaucoup plus faibles que lui. « La raison du plus fort n'est pas toujours la meilleure. »

85 Bachir et les sept épreuves **Junior**

par Pierre Bourgeat

Bachir est un jeune garçon espiègle et futé. Il ne manque pas d'idées pour répondre aux railleries des femmes de la maison. Pour leur échapper, Bachir va garder les chèvres de son père sur les plateaux de Kabylie. « Enfin un peu de calme ! » pense-t-il. Mais voilà que le Djinn, le génie de tous les génies, lui confisque ses sept chèvres et lui impose sept épreuves pour les regagner. Qui sera le plus malin, le Djinn ou Bachir ?

70 16 contes du monde arabe **Junior**

par Jean Muzi

Seize contes recueillis auprès de conteurs du Moyen-Orient, appartenant à la littérature orale arabe. Ils sont en quelque sorte un prolongement des contes des Mille et Une Nuits. Influencés par l'islamisme, ils mettent en scène des animaux et des hommes, dont les comportements reflètent la sagesse des peuples du désert.

59 **Dix-neuf fables de renard** **Junior**

par Jean Muzi

Dans ces fables, empruntées à la littérature populaire d'Afrique, d'Asie, ou d'Europe, Renard est toujours perfide, fin, rusé et subtil dans ses rapports avec les autres animaux. Il berne presque toujours ses voisins, mais il lui arrive parfois d'être pris à son propre piège…

46 **Contes du Panchatantra** **Junior**

par Leonard Clark

Onze contes de la tradition en Inde, mettant en scène des animaux et des hommes. Un univers de merveilleux et de symboles, fertile en rebondissements, en imprévus et en astuces.

39 **37 fables d'Afrique** **Junior**

par Jan Knappert

Savez-vous qu'aux premiers temps du monde tous les animaux étaient des animaux domestiques ? Savez-vous comment certains quittèrent l'homme, et devinrent des animaux sauvages ? Savez-vous comment fut créé le chameau ? Et de quoi discutent l'araignée et le mille-pattes quand ils se font des confidences ?

32 **7 contes du Maroc** **Junior**

par Tony Barton

Sur la grande place de Marrakech est assis le conteur. Pour quelques piécettes, il raconte des histoires où se mêlent la magie et le merveilleux, la sagesse et l'humour. Elles sont peuplées de djinns et de goules, et imprégnées de la saveur d'un peuple voué aux échanges.

Castor Poche, des livres pour toutes les envies de lire : pour ceux qui aiment les histoires d'hier et d'aujourd'hui, ici, mais aussi dans d'autres pays, voici une sélection de romans.

635 **Sauvez Willy 3** — Junior

par Todd Strasser

Jesse est presque un homme désormais. Il n'a rien perdu de sa passion pour les orques, et il travaille avec Randolph pour leur protection. Il retrouve Willy tous les ans. Mais leur route va croiser des pêcheurs prêts à tout pour capturer des orques. Max, un jeune garçon, va les aider de tout son cœur...

616 **Le gardien du chateau** — Senior

par Nadine Brun-Cosme

Trois nouvelles, Le gardien du château, Maël, La maison d'en bas, qui évoquent l'attente de l'autre, l'émoi de la rencontre, la douleur de l'absence, mais aussi la joie de la rencontre. Laissons les mots ouvrir la porte du souvenir, saisir les sensations fugaces du temps qui passe.

615 **Le dresseur d'ours** — Senior

par Harriet Graham

Avant d'être apprenti-tanneur, Guillaume a connu la douceur d'une famille heureuse. C'était avant, avant la mort de son père, avant le remariage de sa mère... il y a si longtemps. Mais Guillaume a le don de dresser les ours, don très convoité en ces temps où les ours apprivoisés vont de ville en ville, de pays en pays... Guillaume part pour un long voyage avec une troupe de saltimbanques.

614 **La vengeance d'Emily Upham** — Junior

par Avi

Le père d'Emily est ruiné et mêlé à une histoire de hold-up ! C'est beaucoup d'émotions pour la jeune et précieuse Emily. Seth Marple, un jeune va-nu-pieds, propose de l'aider. Mais quelle aide ! Entre Seth l'intrépide et la précieuse Emily la rencontre est explosive.

605 **Le puits** — **Senior**

par Mildred D. Taylor

La sécheresse est terrible, elle a tari tous les puits de la région. Tous sauf celui des Logan, famille de fermiers noirs aisée. Les Logan partagent cette eau précieuse de grand cœur, avec tous. Mais en 1910, dans le Sud américain, les rancœurs contre les noirs persistent ; tout au long de l'été, la tension va monter…

600 **Le jour de la photo** — **Junior**

Par Corinne Fleurot

La Grande Catoche règne sur l'école. Décidée, voire tyrannique, elle domine la cour de récréation. Hélène vit dans l'ombre de son aînée, pourtant, le jour où la Catoche subira une grande humiliation publique c'est auprès d'Hélène qu'elle trouvera la force de faire face. Solidaires dans l'épreuve, les deux sœurs tisseront une vraie complicité.

598 **Un Périgourdin aux Indes** **Les Tibeyrant** — **Senior**

par Thalie de Molènes

François et Edmée coulent des jours tranquilles à Plazac. Mais François reçoit un appel au secours de Kamala : Edmond, son fils, a disparu. François part aux Indes, à la recherche de son neveu et de Louis de Ponchapt, le fils d'Edmée. Avec son compagnon de route Yvon, il va traverser l'Inde de la fin du XVIIIe siècle…

594 **Célestine ou les parfums caméléons** — **Junior**

par Marie Saint-Dizier

À Ici-bas, où règne le tyrannique Mister Nose, Célestine rencontre une bande de chiens errants. Ils ont perdu la mémoire de leur vie d'antan. Bientôt des chiens disparaissent, ils ont suivi un parfum, évocation d'un souvenir délicieux. Célestine, seule, pressent que ces parfums diffusent un piège pour ses amis…

590 **Le champ de personne** — **Senior**

par Daniel Picouly

Le Mohican, onzième d'une famille de treize enfants vit dans un petit pavillon de banlieue. Sa famille, grande tribu généreuse, est solidaire et la vie n'est jamais monotone pour le Mohican, entre le football (sa grande passion) et les dictées (sa terreur), entre rêves et rires. *Le champ de personne* est la chronique d'une journée comme les autres...

589 **L'homme de l'autre côté** — **Senior**

par Uri Orlev

En 1942, Marek vit à Varsovie et aide son beau-père à convoyer des marchandises vers le ghetto des juifs. Il éprouve à leur égard une certaine défiance. Quand sa mère lui apprend que son père était juif communiste, et mort en défendant ses idées, le jeune homme s'engage dans la lutte.

581 **Ce cher Monsieur Dieu** — **Senior**

Par Klaus Kordon

Monsieur Dieu n'est pas un facteur pas comme les autres : il substitue les lettres annonçant de mauvaises nouvelles à ses amis et les remplace par de bonnes nouvelles. Mais un jour, le pot aux roses est découvert...

580 **La sœur de mon frère** — **Senior**

Par C. S. Adler

L'arrivée de Youn Hee, petite coréenne que sa mère a décidé d'adopter, est difficile pour Caitlin. Youn Hee n'est venue que pour retrouver son petit frère, Simon, dans la famille depuis longtemps, et complètement américain. Caitlin fera tout pour tenter d'apprivoiser sa nouvelle sœur.

Cet
ouvrage,
le trente-neuvième
de la collection
CASTOR POCHE,
a été achevé d'imprimer
sur les presses de l'imprimerie
Maury Eurolivres
Manchecourt - France
en septembre 1998

Dépôt légal : octobre 1998.
N° d'édition : 4489. Imprimé en France.
ISBN : 2-08-164489-4
ISSN : 0763-4544
Loi n° 49-956 du 16 juillet 1949
sur les publications destinées à la jeunesse